MW00995671

CHRISTMAS
ACTIVITY BOOK
FOR KIDS

THIS BOOK
BELONGS TO:

_____

_____

_____

FIND THE DIFFERENCES

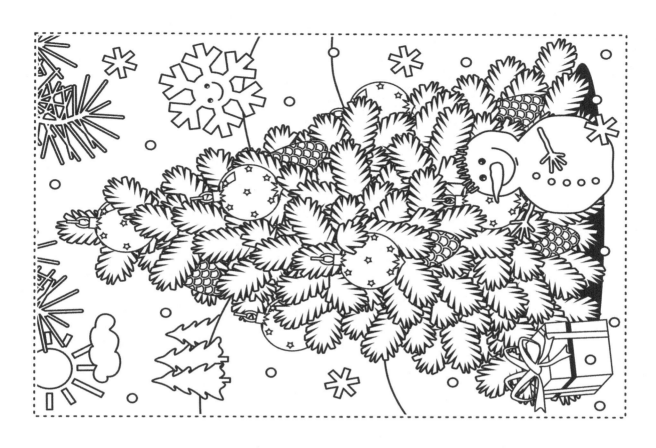

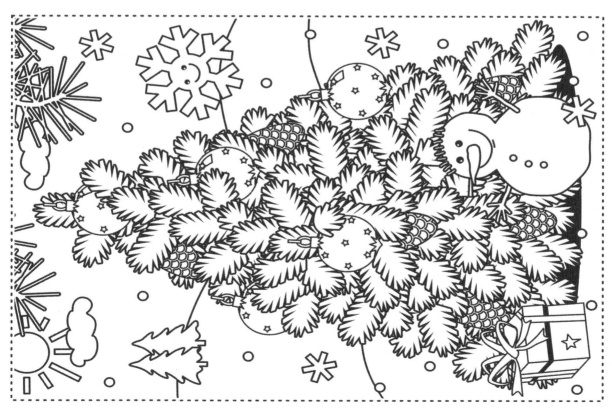

COLORING PAGES

MAZES

CONNECT THE DOTS

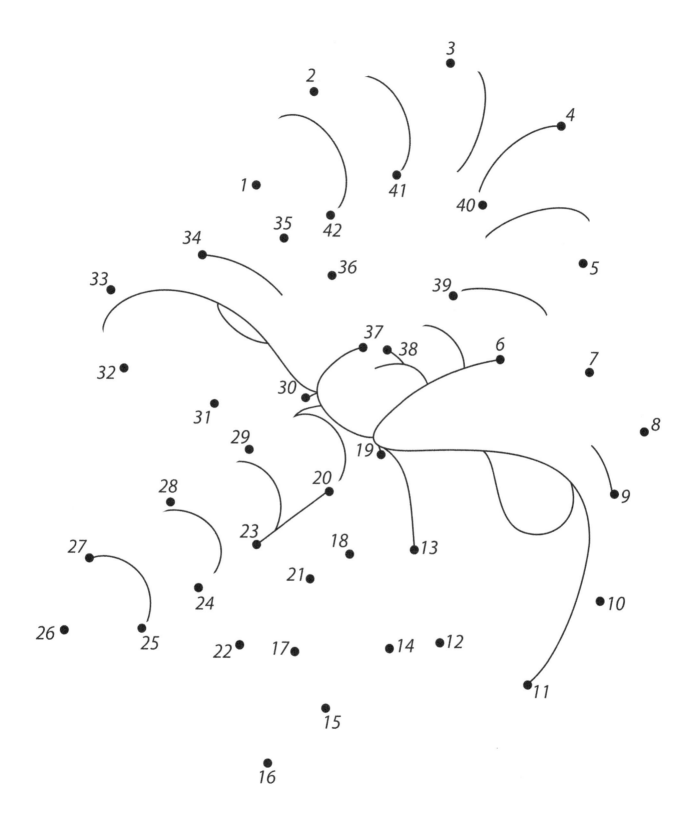

Word Search

```
E D R T T Z P T S K N D Y X I Y V B
T X W L F Y K S F V Z P Y A B H D M
G U J X M Z J N T N O E L P P B Y B
A K O T J I T G X K O L A G X W G V
M U L M Z T S F E N R I G I J G O A
C O L Z K K U T W V J U R A P E M K
S J Y G H U O O L Z Z A L A C F I W
M N C Z N W A E D E X L M E R R Y E
Q K G F F K O U M W T A C Y M L K I
W Q K J Y C B S M B J O Q D G C S V
N A B E Y M W U C I O G E L N I B G
O T K P B W J J N E K P O H R T E W
```

Find the following words in the puzzle.
Words are hidden → ↓ and ↘ .

JOLLY   MISTLETOE
MERRY   NOEL

```
W H R M D T L S A M F G G V M Y N M
V M N B E T E I A W H B Y A Y F K K
E J O V P D F R M O E X C E Q Y L U
S V R N Y Y Q J B O M A H G Y Z L L
K I T R O R L M F G R B Y V I M K D
X J H G J F O I O L O W P X L F R T
J E B R J Y R A U U D T T H Q U T C
Q I K K L Q O O I C X X U C X M F
K Z K P O L E E S T F N H B C G O P
C Y A S K K U F Y T E A W W K G Y
J I N R M C W W Y I Y H I U Y Z B Q
V B Y T F Q L B J K V A Y H O M U D
```

Find the following words in the puzzle.
Words are hidden → ↓ and ↘ .

FROSTY   NORTH
GIFT   POLE

Z J L H B U S B G L X V F N C N S G
O S O E X N L N Z I G M Y B N L N R
Y S I D U C E C P Y V Z F A N W E
P T Z Y C N I B Y R H I L X F X J E
F Q B M I M G O A D X N W M X C T
K P W F J N H Y R V A H K G S F T I
G H Q H B V T B X J F R J L S W A N
F M M G K F Q M P V M P Z M O B G G
R C H G C O F R K I H P P R G O O S
D S D Y Y R K E H O L I D A Y W S M
R T S H E K N B J X S I R W H F R G
V S X B B Z T Y Y K Z K R G F M J M

Find the following words in the puzzle.
Words are hidden → ↓ and ↘ .

GIVING   HOLIDAY
GREETINGS   SLEIGHT

```
S Q Y Q B F O A U P K J L Y R T K Z
T Y Y U W U R C G G W B G Y D X Q M
O G X E O D Q K E K B E Z V E E N E
C Y P K I U E H L G I G O G L V F Q
K K E B E A Q B V G M N T J S E Q I
I C O D W E M R E W M T E Y W P A P
N L Q I L A N Q S P R X X P Z C I O
G M N T R E E Y X V I E L Y G X D P
G F X Z K X J B A C X N A M P N V N
Q H S W A Y Z U L L O B T G H Y D
Y A V V B C P Y I A E O F J H V C R
A B U B B J M L A H B O Y P R Y H S
```

Find the following words in the puzzle.
Words are hidden → ↓ and ↘ .

ELVES   TREE
STOCKING   WREATH

N	L	I	P	S	X	G	U	Y	O	C	C	K	U	P	U	C	Z
H	H	P	C	O	S	A	N	T	A	O	L	L	C	N	S	H	A
N	V	E	D	H	A	E	M	L	Q	F	D	U	C	E	P	R	T
T	U	H	B	J	I	Z	G	H	L	H	K	B	C	A	F	I	H
E	F	V	R	I	I	M	S	O	S	K	T	A	H	U	W	S	Y
O	Y	X	B	U	G	O	N	A	D	V	X	V	F	S	L	T	P
V	T	R	G	M	D	M	A	E	F	A	N	U	I	M	B	M	X
L	Q	Z	K	D	K	O	E	Y	Y	R	Q	Z	I	T	Z	A	F
M	S	Q	W	T	Z	Y	L	A	M	T	X	T	N	D	L	S	I
C	V	H	S	S	F	Q	I	P	I	M	M	G	P	X	B	F	I
C	D	P	I	F	F	E	I	Q	H	Q	U	K	P	N	L	H	H
X	V	Q	L	H	N	F	N	V	Q	L	B	A	H	G	O	S	O

Find the following words in the puzzle.
Words are hidden → ↓ and ↘ .

CHIMNEY   RUDOLPH
CHRISTMAS   SANTA

```
P S N L R C E G Z N Q M E G Z C U T
B T E L V U E Q M C M B T M Y A D Z
Y I I A M O U A A O R C L W B N C K
Y C I H S D N T X F J T A D U D N Y
B T A Y O O O W P B Z U O N J Y H E
H A J N Q Q N F L V H Q A J D Y S M
H R K J G H G J H L K J C H U L E L
F T R Q P F T P R X S J B W T G E V
X N D V M X A E R A M G L D L R D S
W G Q R O D Z A H J T Y G M A P Y H
N Q W O A W I V D O G T F B X E U X
X B E L L S A A L H O D N K E H F H
```

Find the following words in the puzzle.
Words are hidden → ↓ and ↘ .

BELLS   CANDY
CANDLES   SEASON

FIND THE DIFFERENCES
ANSWERS

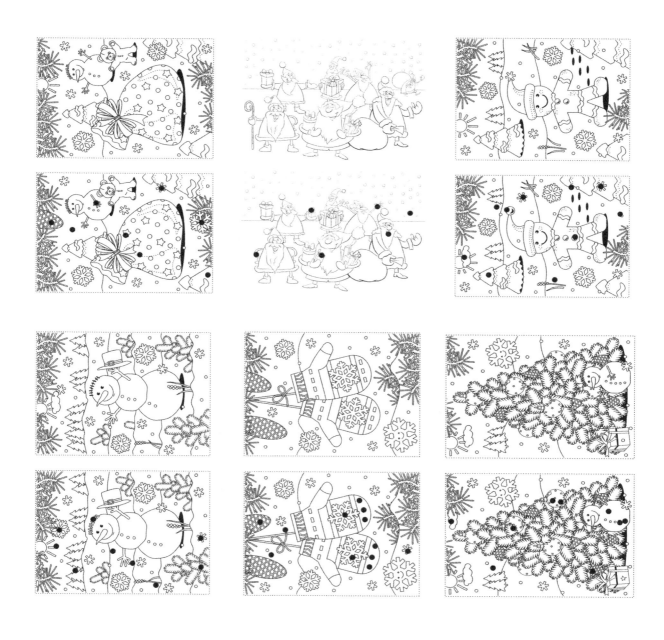

MAZE
ANSWERS

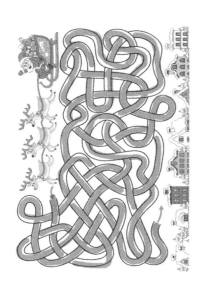
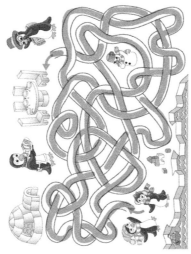

Word Search
ANSWERS

Word directions and start points are formatted: (Direction, X, Y)

JOLLY (S,3,3)   MISTLETOE (SE,5,3)
MERRY (E,13,8)   NOEL (E,10,3)

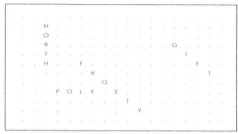

Word directions and start points are formatted: (Direction, X, Y)

FROSTY (SE,6,6)   NORTH (S,3,2)
GIFT (SE,14,4)   POLE (E,4,9)

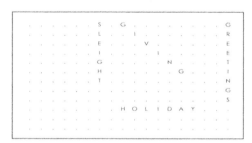

Word directions and start points are formatted: (Direction, X, Y)

GIVING (SE,9,1)   HOLIDAY (E,9,10)
GREETINGS (S,18,1)   SLEIGHT (S,7,1)

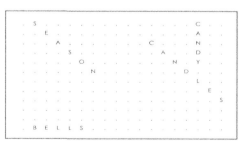

Word directions and start points are formatted: (Direction, X, Y)

ELVES (S,9,3)   TREE (E,4,8)
STOCKING (S,1,1)   WREATH (SE,10,6)

Word directions and start points are formatted: (Direction, X, Y)

CHIMNEY (SE,4,2)   RUDOLPH (SE,4,5)
CHRISTMAS (S,17,1)   SANTA (E,6,2)

Word directions and start points are formatted: (Direction, X, Y)

BELLS (E,2,12)   CANDY (S,16,1)
CANDLES (SE,12,3)   SEASON (SE,2,1)

Made in the
USA
Monee, IL